KB074360

지상의 **한 집**에 들다

한국정형시 010
지상의 한 집에 들다
ⓒ 오종문, 2017

1판 1쇄 인쇄 ㅣ 2017년 05월 15일
1판 1쇄 발행 ㅣ 2017년 05월 25일
지 은 이 ㅣ 오종문
펴 낸 이 ㅣ 이영희
펴 낸 곳 ㅣ 이미지북
출판등록 ㅣ 제324-2016-000030호(1999. 4. 10)
주   소 ㅣ 서울특별시 강동구 양재대로122가길 6(길동) 202호
대표전화 ㅣ 02-483-7025, 팩시밀리 : 02-483-3213
e - m a i l ㅣ ibook99@naver.com

ISBN 978-89-89224-39-6   03810

* 저자와의 협의에 의해 인지는 생략합니다.
* 잘못된 책은 바꾸어 드립니다.
* 저작권법 보호를 받는 저작물이므로 무단 전재와 복제를 금합니다.
* 이 시집은 서울문화재단 '2016년 문학창작집 발간지원사업'의 지원을 받아 발간되었습니다.

이 도서의 국립중앙도서관 출판예정도서목록(CIP)은 서지정보유통지원시스템 홈페이지(http://
seoji.nl.go.kr)와 국가자료공동목록시스템(http://www.nl.go.kr/kolisnet)에서 이용하실 수 있습니다.
(CIP제어번호 : CIP2017012165)

지상의 **한 집**에 들다

오 종 문 시조집

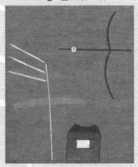

이미지북

모든 일이 한낮인 듯 아득하다.

내 詩가 한 철 꽃 피우고 지는 꽃처럼 서글프고 초
라할지라도, 살을 도려 내고 뼈를 발라 낸 자존감
을 드러내는 詩, 모든 이의 가슴에 들꽃으로 피
어나는 詩, 한 시대를 넘어 다음 시대까지 깊게
뿌리내리는 詩, 독자들이 호명하며 불러주는 詩

나는 그런 詩를 만나기를 희망한다.

위로가 되고, 기쁨이 되고, 칼바람이 되고, 나
를 껴안아 주는 따뜻한 詩가 되기를 희망한다.

내 詩가 함부로 눈물 흘리지 않고, 생애의 기쁨
이 되고, 남은 생에 용기가 되어 주기를 희망한다.

벌거벗은 채 세상 속으로 걸어가 스러져도 다시
일어나는, 참 나를 찾은 삶이 춤추기를 희망한다.

봄빛이 저만치 떠나가고 있다.

2017년 5월

제2부 | 운문사를 거닐다

제3부 아비의 가을 햇살

지하철을 타고 오는 봄

고수

판의 창이 꽂이면 고수鼓手는 나비로다
평생 지지 않는 꽃 그 어디 있을 것이며
끝나지 않는 잔치가
세상 어디 또 있으랴

속인이 박수친들 무슨 큰 사랑일까
우리네 척박한 땅 세월이 너무 허망타
어희라 둥 덩 탁 타닥
북채를 내질러라

아니리 추임새에 맺고 푸는 한의 장단
진양조 중중모리 자진모리 휘몰이로
눈물의 한 방울까지
아낌없이 다 깨워라

끝없는 소리 완성 멀고 먼 사랑의 완성
마음의 독 마음의 약 이 천직을 어쩌겠나
한 사람 알아주는 이
그뿐이면 되는 것을

봄날을 서성거리다

아아, 일탈의 봄엔 쉽게 잠들지 못한다
동백꽃 붉은 흩동백 온몸으로 투신하는
눈 뜨고 볼 수가 없는
참 아득한 봄날이다

무심코 뒤밟힌 삶의 아주 사소한 것들에
나는 목이 멘다 무너지는 것 보며 운다
살아온 그 더께만큼
뼈아픈 것 다 버린다

오늘은 그렇게 가고 내일은 또 오는 것
차마 즈려밟지 못한 마흔넷 궤적을 따라
동행한 그대 사랑에
발을 깊이 담근다

원하는 모든 것이 내 안에 있음을 알 때
삶이 가르쳐 준 길은 왜 그리 멀리 있는지
이 길의 우연에 대해
난 끝끝내 입 다문다

찔레꽃 흐드러지다

한낮의 서늘한 고요 깨트릴 수 없던 그 날
툇마루 쭈그려 앉아 봄빛과 한 몸 되는
한 아이 선명한 추억 누가 끌고 온 것일까

옛 마을 사람들은 제 살 길 찾아 떠나고
자꾸만 바라볼수록 배고프던 하얀 꽃
어른 된 지금까지도 그 이유를 난 모른다

안마당 뛰어놀던 어린아이 간 데 없고
찔레꽃 흐드러진 임질 같은 모진 봄날
일몰 후 가시에 찔린 이 맘 너무 아파라

바람처럼 베리라
―心法·1

해 뜨면 해를 베고

달 뜨면 달 베리라

한낮은 적막 베고

한밤 정적 베리라

티끌의

욕망까지도

바람처럼 베리라

겨울 억새
　一心法·4

내가 그를 상처내거나 그가 나를 상처내거나

늘 중심을 가운데 두고

으스러지도록 서로 껴안고

바람에 담금질하며

묻혀 살 뿐

살아갈 뿐

집으로 가는 길

부르튼 발 애써 떼며 조금 더 걷기로 한다
자갈도 쉬이 못 뜨는 비포장 신작로 따라
걷다가 발목 삐었네
갈 길은 아직 먼 데

새 떼에 들녘 내준 농부는 하루를 접고
애비가 되기 위해 서둘러 채운 빈 지게
저렇듯 사는 일 가볍다면
남은 생을 건너겠네

막 쉰의 노여운 삶 무슨 큰 죄 지었기에
많은 것 모두 잃고 참 멀리도 돌아온 길
한 번은 불타고 싶다
불꽃처럼 뜨겁게

오래 전 폐허 된 마음 다 태우고 돌아가리
그녀의 사랑이 되고 두 아이의 산이 되는
가장의 자리를 찾아
저 막차를 타리라

지하철을 타고 오는 봄

세상은 봄 천지지만
인생의 봄 아직 멀고
옳은 것은 아니고 아닌 것이 옳다는 세상
늦은 밤 지하철 안에 환하게 핀 산수유꽃

그 꽃 꼭 쥔 아이의
산빛 물빛 웃음처럼
찌들고 지친 이의 어깨 처진 침묵 속에
한 번쯤 헐거운 삶도 활짝 피고 졌으면

그래 농성중인 봄빛
꽃놀이패가 되는 때
유년의 눈물 속을 뻐꾹새가 울고 가고
셔터를 탁 눌러버린 내 마음의 사진첩

벚꽃, 다시 핀다

봄빛 스크럼 짜고 농성중인 반도의 땅
하늘은 왜 이렇게 지독히도 파란 걸까

이 서울
가미카제식
저 폭격의 섬뜩함

백 년 전 그니 몸의 체온이 기억하는 것
짧은 밤 그 손길에 겁간 당한 알몸일까

아직도
불륜 꿈꾸는
저 망령의 꽃잎들

물수제비뜨다

세상에 진 빚 얼마냐
오금 저린 생 견디다

종일 뉘 골라내 듯 돌을 골라 팔매치다

젖은 몸 다시 안 젖게
담방담방 뛰어가게

몇 번의 자맥질 끝
아득히 날아간 돌

얻은 것 모두 잃고 강물에 휘둘린 채

짠 눈물 말리는 사이
앞산 높이 걸린 달

그 여름, 화엄의 숲

총총한 별 몸을 던진 산문에 들어설 때
뜨겁게 우는 풀벌레 제 생을 다 비우고
적막은 물 소리보다
산보다 더 깊어진다

이 밤 함께 동행한 몸도 갈 곳을 잃고
사랑도 얇아져서 마음까지 둘 데 없어
무작정 오금을 박는
저 불편한 불립문자

난 안다 새벽 안개가 경계를 푼 뒤에도
내 입에 대못 치고 눈에 빗장을 걸고
면벽에 이르는 문을
결코 열지 않는다

놓아라 버리라던 묵언의 절집 한 채
고적한 산빛 주고 맑은 물빛도 주는
그 여름 화엄의 숲은
눈물 많은 누이 같다

해인사를 거닐다

한 장 갈잎 낙화에도 가슴이 멍드는 밤
무엇이 나를 불러 이리로 이끈 걸까
바람은 왜 밤을 새워
풍경을 흔들었을까

미명에 갇힌 길 하나 그 끝을 알 수 없고
소나무 타고 오른 화엄의 크나큰 설법
잠 설친 공복의 산에
물 소리로 풀리느니

색이 공이요 공이 색인 허공의 아득함에
갈등은 더 깊어져 벼랑 끝에 내몰릴 때
그 누가 섭생의 물을
내 입술에 축이는가

한 꺼풀씩 벗어야 할 죄과로다 죄과로다
세상사 선악도 없고 옳고 그름도 없나니
부처는 어디 있는가
이 길이 부처인 것을

산다는 것은
一心法·6

바람에 몸 맡기고

그 떨림을 느끼는 것

날 밝기 전 움켜쥐는

그 돌멩이 같은 것

최후의

순간을 위해

눈물 한 점 찍는 것

사랑
─心法·9

뜨겁게 오래도록

불 번지듯 눈길 주고

그 날의 때가 이르면

전율하는 떨림으로

내 안의 붉은 피톨을

점령하라

관통하라

황폐한 옛집에 서다

고통의 삶 빼고 나면 살 날 그 얼마인가
산다는 건 또 다시 많은 죄를 짓는 일
오래 된 마음의 감옥
무시로 갇히는 일

그래, 내 기억에서 무엇을 지운다는 건
어떤 추억 속에 마음이 폐허되는 것
그 위에 욕망의 집 한 채
또 세우고 허무는 것

여기서 갈 길 잃고 쓰러질 것 알았던가
상처 곪아 터지도록 견디고 또 견디었을
힘들게 살아온 길에
강물 소리 묻어 있다

오늘 한 날씩 슬리는 가을 햇살 경영하며
세상의 감나무 한 잎 물들일 수 있다면
황폐한 그 집 골방에
편한 잠 잘 수 있으리

갯바위

왜 하필 이 바다는 나를 낳아 키웠을까
한사코 격리시키고 수인처럼 가뒀을까
차라리 물 속 암초로
잠기게나 할 것이지

너울에 다 문드러진 알섬으로 사는 동안
바닷새 희롱하는 재미도 붙여 보았고
밤이면 어둡지 않게
달빛 또한 내걸었다

언제쯤 뭍에 편입된 온전한 섬이 될까
몸도 떠날 수 없고 마음 둘 데 없을 때면
바람이 되고 싶었고
파도이고 싶었다

한 여자를 기다리며

온 동네 장미꽃에 휘둘리던 오월 아침
서너 번 화간 끝에 절정에 올랐을 때
담장 안 남루한 여자
목 내밀어 웃고 있네

그에게 애틋한 눈길 보내준 적 있었던가
스무 해 살 섞고 살며 마음은 섞지 못한 걸까
그에게 발돋움하며
사랑하긴 했을까

몇 년 전 뜬금없이 홧병을 질러 놓고
마음도 못 죽인 채 가슴팍 돌 박아 놓고
가끔은 저 산새처럼
울어 주지 못했을까

솜털 보송보송한 그 화려한 날 보내고
만 평 봄볕으로도 다 널 수 없는 눈물
오늘은 속살 적시고
내 몸 속 그대 붉다

제 2 부

운문사를 거닐다

오래 된 포구에서

해질물 한 줌 볕도 쉬 보내기 아쉬운 때
온 힘 다해 끌고 가는 뻘밭의 흰발농게
마침내 제 몸을 던져
붉은 해를 깨물었다

날마다 품을 열어 물때에 내준 포구
겉꾸림 난바다에 처참히 무릎 꿇는
다 낡은 고깃배 한 척
녹슨 닻을 내린다

누구가 예까지 와 앉은뱅이 생 견디는가
짠맛도 비릿함도 말도 다 잃어버린 채
한 생각 몰래 켜놓고
별빛 속에 잠들다

우항리에 와서

우항리에, 내 살아온 삶도 함께 왔습니다
중생대 퇴적층의 해식절벽 암편 따라
말없이 걸었습니다
쨍쨍한 해를 지고

뜨겁게 살다가 간 공룡을 만났습니다
하늘을 나는 익룡도 물갈퀴새도 만나고
화석도 보았습니다
고사리에 물벼룩도

백악기 파도 소리 바람 소리 들립니다
발자국 사라져 간 그 날의 풍경 속에
한 사내 서 있습니다
생의 흔적 남기며

겨울, 해미읍성

석양에 이 읍성을 나 홀로 찾아든 날
잎 떨군 호야나무 눈꽃 세상이 되는
성채城砦의 바람 한 채여
성체聖體의 집 한 채여

용서를 구하려는 자 신앙심이 부족하고
목숨을 구걸하는 자 믿음의 눈물 없나니
그 누가 희망의 성서 다시 읽어 주겠느냐

사내들 생이 파묻진 시간과 시간 사이
함께 동행한 순교자 비로소 해인에 들고
남은 자 고백성사는 끝내 들을 수 없으리

너는 어떻게 사는가 산다는 것의 물음에
침묵은 그런 걸까 함부로 말할 수 없는 것
오래 된 마음의 감옥
새 한 마리 날아왔다

산수유
　－心法·11

산 처자 갓 돋은 그 곳

입술 댄 이 누구신가

뭉클한 정사 끝에

극락에 든 저 숨소리

시붉은

애를 낳았다

수치심도

황홀하여

가을 억새
─心法·13

꽉 묶인 삶 울컥 피운

저 무림武林의 억새 일가

가슴팍 돌팔매질하는

바람 서 말 얻어 지고

마침내

저잣거리로

수런수런 돌아가네

운문사를 거닐다

몇 됫박 삶 동냥하고 이 절집 찾은 걸까
난 누구고 어디서 와 어디로 가는 걸까
몸 낮춰 발소리 죽여
이 길을 걷는 걸까

다복솔 개울물에 발 담근 채 경을 듣는
생각이 너무 많아 독이 되는 남루한 하루
안개로 풀어지느냐
설법으로 풀리느냐

나 이제 못 가느니 도반 그만 가게 하고
저문 산 땅을 닮고 그 마음 하늘 닮는
운문사 은행잎 한 장
내려 놓는 이 가을

바그다드, 한 소녀를 위하여

—알라 할림 : 오직 신만이 아신다

반전의 촛불 밝힌다 오, 알라의 신이시여
바그다드 하늘에 불꽃놀이가 시작되고
그 날은 광화문 벚꽃도 무시로 낙화했다

무서운 전쟁의 적 그 진실을 그는 알까
파괴의 무기가 아닌 사랑의 힘이라는 걸
충격의 공포가 아닌 평화임을 그는 알까

오만과 편견이 티그리스 강을 범람하고
널 키워온 모래폭풍 요람을 뒤덮을 때
눈물은 분노의 선인장만 또 그렇게 키웠다

비스밀라 알라만 알라힘 앗쌀람 알라이쿰*
오오, 앗쌀람 알라이쿰 와 라흐마툴라흐**
인샬라 아우주블릴라. 알라후 아크바르!***

* "인자하시고 자애로우신 알라의 이름으로 당신에게 평화를"
** "알라의 뜻대로 당신에게 평화가 있기를 그리고 알라의 자비가
  있기를"
*** "알라의 뜻대로 알라께 보호를 구합니다. 알라는 위대하시다"

가을과 짜장면

이 땅에 발 못 붙인 벼랑 끝의 행려 사내
빗소리에 귀를 씻는 반 남은 짜장면 앞에
가던 길 걸음 멈추고
한참 동안
기웃댔다

그 얼굴에 언뜻언뜻 미소가 번져 가고
옛날 일 떠올리며 단풍으로 물드는 때
뿔뿔이 흩어진 식구
꿈에라도
만났을까

가을 하늘 이야기 속 끝내 미어진 가슴
비겁한 눈물 되어 빈 그릇에 쏟아지면
또 누가 내몰리리라
버림받은
짐승으로

바다의 집, 섬

뭍으로 가는 길은 오래 전에 끊겼다
바지락을 캐고 난 뻘밭은 말이 없고
그니의 감장 날밤집
불빛 하나 내달았다

그 날 비린내도 없이 해미가 섬을 낳던 때
각다귀판 뱃놈의 밤 쉬이 잠들지 못하고
뜸마을 몇몇의 텃새
바람 대신 울고 갔다

막장의 삶 알면서도 길 떠나 가 닿은 곳
너울이 마지막에 안식하는 물꽃 쉼터
모든 것 떠나보낸 섬은
바다의 집이었다

여름 山水
一心法·14

뜸마을 칩거한 채

녹음방초 다 깨우고

서럽고 아픈 인연

앞마당에 다 내널고

아랫녘

산발한 화두

도리깨로 타작중

대숲을 걸으면서
—心法·15

사운대는 댓잎 소리

후두둑 눈 털리는 소리

눈물 글썽이게 하는 바람 소리 들리는가

이런 날

참 아득하다

더 갓맑게 사는 것

연필을 깎다

뚝! 하고 부러지는 것 어찌 너 하나뿐이리
살다보면 부러질 일 한두 번 아닌 것을
그 뭣도 힘으로 맞서면
부러져 무릎 꿇는다

누군가는 무딘 맘 잘 벼려 결대로 깎아
모두에게 희망 주는 불멸의 시를 쓰고
누구는 칼에 베인 채
큰 적의를 품는다

연필심이 다 닳도록 길 위에 쓴 낱말들
자간에 삶의 쉼표 문장부호 찍어 놓고
장자의 내편을 읽는다
내 안을 살피라는

나이를 먹는다는 것은

겉꾸림을 버리는 것
몸 밑천 돌려주는 것
마음에 품은 칼을 칼집에 채우는 것
사는 게 싱거워지고 더러 살속 잃는 것

뼈마디 다스리는 것
더 많은 죄 짓는 것
두 눈에 그렁그렁 눈물이 많아지는 것
한눈 판 삶의 무늬가 산빛 물빛 닮는 것

가진 것 다 내주는 것
은결든 일 껴안는 것
징글징글 사람의 정 잘라 내고 꽃 피는 것
한본새 살터를 찾아 봄소풍을 떠나는 것

봄날은 간다

간다 간다 봄날은, 나를 키워준 세월 두고
발길 놓기 어려운 불의의 비행 이끌고
낯선 땅 오래된 길의 굵은 선을 따라 간다

그 길에 무소유 땅에 비는 다시 내리고
헛된 봄 농사만 짓던 일탈의 짧은 봄밤
그 동안 내가 한 일은 한 뼘 생을 재는 일

마음 속 붉은 햇덩이 어스름 속 깔려가면
꿈도 훨훨 사랑도 훨훨 목숨까지도 훨훨
내 생애 협곡을 돌아 봄날은 간다 간다

바람 끝 풍경을 밟고

객에게 선뜻 품 준 백록담 오르는 길
눈 내리고 휘날려서 산과 한 몸이 되는
바람 끝 풍경을 밟고
왜 힘들게 걷는 걸까

엊그제 천 근 걸음 한 바다 질러서 와
꽁꽁 언 가슴 앞섶 남몰래 열었는데
사는 일 에서 찾는 죄
무기징역을 때린다

저 아랫녘 꽃 소식은 벌써 밑불 지폈는데
하늘 연 삼나무는 묵언한 채 살라 한다
이 절경 준비해 놓고
심중의 칼 접으란다

그 여름, 가시연꽃

쪽지벌 늪의 자궁이 한낮 몸을 풀고 있다
원시의 먼 바람이 와 숨을 고르는 동안
제 어미 맨살을 찢고
참혹하게
처절하게

여름의 끝 피어버린 오체투지 저 꽃처럼
가난한 가족 위해 맨발의 삶 살았던가
더 많은 수고를 바쳐 위무한 적 있었던가

내 마음의 오랜 습지 불을 지른 가시연꽃
칠십만 평 그 물로도 소낙비로도 끌 수 없어
풍경 끝 맞불을 놓고
한 사랑을
두고 간다

어느 일요일 오후, 낯선

세간의 일 시시하고 살속 잃은 날입니다
탕관 물 끓는 소리에
눈물도 면벽하고
남루한 마음 뎁힌 채 찻사발로 앉습니다

잠시 볕뉘 얻어 쓰고 욕망을 죽입니다
삶이 박아 놓은 상처
찻물 들고 향기 돌아
제 갈 길 기꺼이 내준 바람 한 점 키웁니다

타액 입에 머금고 혀로 살짝 굴립니다
쓰고 떫고 시고 짠 삶
단맛이 돌 때까지
또 한 번 용맹정진한 채 이 가을을 닦습니다

주목나무

그 곳에 가 보았다
향적봉 오르는 때
눈은 내리고 쌓여 길을 덮고 산을 묻는
모든 게 깊어진 비탈 꽃으로 핀 주목이여

한 세월 꽉 껴안은 채 관절통 다 견뎌 내며
하늘의 무게 재는 재미도 붙여 보았고
꽃색이 더 짙은 날은 눈부심도 탓했다

사는 일 다 그러하듯 때 되면 거둬 가리니
반골의 속된 고집 그만 꺾고 쉬거라
사랑은 생 뒤에 온다
한 발 늦게 젖어 운다

제 3 부

아비의 가을 햇살

가을이 절정이다

아침에 조깅하다 코스모스 보았다고 푸른 하늘 보았다고 그대를 생각했다고 산책길 느티나무와 마주쳤다 고백한다

막새바람 왔다 가는 창문가에 서성이며 흔들리는 코스모스 불타는 느티나무 그 아래 동침하는 달 보고 싶다 말한다

한 자리 너무 오래 눈물 닦고 살았다고 수많은 가을날을 보낸 뒤에 깨달았다 누군가 붙잡고 앉아 절박하다 말한다

이 가을 절정을 두고 난 어쩌란 말인가 두 눈이 간음한다는 그 말이 참말이라 오늘은 질끈 눈 감고 고백하고 싶어진다

울지 마, 엄마

거친 손 잡는 순간 알 것 같은 당신 전부
다 붙아 한 줌 안 된 젖이 뭉클 만져졌다
그 날은 창호문 너머
그믐 달빛 뿌려졌다

한 번 나고 한 번 죽는 바람처럼 사는 동안
"새끼들 쪼간 돕고 훨훨 나는 것 봐야쓴디"
잔기침 심해진 때는
뒤척인 채 잠들었다

인생은 사는 게 아닌 살아지는 외길인 것
사람이 하늘의 일 그 속내를 어찌 알아
그러니 울지 마 엄마
눈물 나도 울지 마

폭설

수상한 바람 불고 눈 이쁘게 날리더니
공존의 이 지상에 눈 폭탄 터트린 날
한 생도 폭설이었다
예고 없이 퍼부은

그 때는 하루하루 버티는 게 하 무서워
세상이 뒤집히길 바란 적도 있었으며
막장에 발도 들였다
그 결행을 꿈꾸며

폭설 끝 햇빛 나고 사는 법 궁리할 때
힘들게 걸어온 길 온전히 물들이는
상처를 닦고 닦았다
오래도록 빛나게

그리움에 대하여
― 心法·16

그리움
멸하지 않고
그 어디에 쌓여 가고

때 되면
단풍 들고
찬바람 그에 불면

발 아래
스스럼없이
떨어지는 것이더라

달맞이꽃에게
－心法·17

해질물 집에 들 때 가슴 저린 그 설렘도

새벽길 나서는 때 너를 보는 이 설움도

사랑 끝

다 알면서도

질주하는 징한 꽃

지상의 한 집에 들다

제 키만큼 키운 것들 더는 자라지 않고
가진 것 모두 잃고 길 위에 나앉은 때
인생은 헐거워지고
내 사랑은 얇아졌다

초록이 마음에도 번져 가는 그 해 유월
산 사람 벌목하는 거친 잡목숲 지나
아득한 벼랑 끝에서
발싸심을 해댔다

한 가족 아직 넉넉히 두 발 뻗을 방 한 칸
그녀의 이쪽 편에 달빛이 먼저 와 눕는
유배된 하루를 접고
지상의 한 집에 들다

겨울 갈대

선명한 까치놀이 강물 몰래 찾아들면
세상사 등을 진 채 수천의 귀 열어 놓고
뜨겁게 몸 끌어안고
모여 사는 것 보았다

화려한 겉꾸림 삶 눈물로나 내어 주고
성난 바람 앞에 당당한 척추로 서서
흰 빛만 남을 때까지
휘파람을 불어 댔다

맨살이 찢겨진 채 언 발을 땅에 묻고
생존 위해 무릎 꿇는 아름다운 너의 굴욕
달빛이 그의 배후를
오래도록 애무했다

묵정밭에 꽃이 핀다고

묵정밭에 꽃 핀다고 그냥 핀 건 아닐 거다
추근대는 뒷파람에 첫 입술 빼앗기고
봄볕에 온몸을 데여
몸을 풀고 있는 거다

그저 피어났겠느냐 그건 절대 아닐 거다
사글세로 살면서도 묵묵히 자리 지키며
온 생을 뜨겁게 던져
몸 밝히고 있는 거다

꽃 피는 때를 알고 꽃 피우는 법 아는 꽃아
남의 땅 쳐들어 와 함부로 기생한 죄
형벌의 칼 받으리라
너 참수를 당하리라

겨울, 오이도에서

흙 묻은 발 씻으러 왔다 절망만 떠안은 채
뻘밭의 파도 소리 말 못할 노여움으로
황홀한 비상을 하는
도요새를 보았는가

간밤엔 발목 적시는 세상의 그리움 뒤로
늘 버리면서도 되찾지 못한 것들 두고
의문이 가득한 눈은
왜 슬픈지 넌 아니?
그냥 날고 싶을 때 날지 못하는 비애를
피와 뼈와 살의 무게, 존재의 무게까지
두 발로 견뎌야 하는
그 고통을 넌 아니?

이제 겉만 보지 말고 네 안을 들여다보렴
사라져 간 것에 대한 쓸쓸함을 뒤로 하고
하늘이 문을 닫을 때
네 자신을 돌아보렴

아비의 가을 햇살
—心法·18

바람만 사는 들녘 마음 한 짐 부려 놓고

아비가 빈 지게에 지고 오는 가을 햇살

와르르

무너진 순간

그 보는 것 아파라

쑥부쟁이에게
─心法·19

그대와 나 사이에 삐딱하게 놓인 사랑

바람 편에 행여 올까 무서리로 찾아올까

'외롭다'

답문을 쓰는

저 궁색한 연서 한 통!

각연사를 거닐다

한 생각 한달음에 백두대간 휘달려 와
득도 못한 바람 한 편
구름 첩첩 불러 놓고
경 듣는 보리수나무 점을 찍는 각연사

날 잠시 내려 놓는 몸 낮춘 저 물 소리
끝내 물거품 되어
사자후도 못 토하는
법당 밖 풀벌레들만 혀 깨물고 울고 있다

그 날 찻물 들인 법공 스님 여여如如의 말
무심에 깨달을 '覺'
큰 돌을 옮겨 놓고
산문 안 편입되는 밤 산 하나를 허무리라

나도수정초

변방의 음습한 땅 근본도 모르는 꽃
지상에 잎 핀 것들 이름을 호명할 때
그 어디 몸 둘 데 없어
빌붙어서 살아왔다

불구의 생 견디는 외눈박이 유령의 꽃
옷도 거치적거려 홀홀 벗은 알몸으로
한평생 햇빛 두려워
그늘 아래 꽃피웠다

한 뼘의 자존 강한 오만한 요정의 꽃
텃새들 이야기 속 남은 봄 다 보내고
마침내 적멸로 가는
고요 한 점 흔들었다

일몰日沒을 보다
―心法·20

꿈이로다 꿈이로다 모든 것 다 꿈이로다

섬과 섬 장대 걸친 해질물 짧은 날빛

먼 데 산

자물통 다는

늙은 작부 붉은 입술

땅끝 편지
—心法·21

저 바다 산에 들에 휘날리는 이 눈보라

잿빛 삶도 역사라는

상처도 그리움이라는

필생을 담금질한 말 봄빛으로 전송중

옹기 속에는 울 엄니가 살고 있다

흙 빚어 옹기 굽던 이
간절한 기다림처럼
고추장 된장 장맛 담아내는 그 맛깔손
봉숭아 꽃물들이던 울 엄니의 사설 있다

투박한 질그릇 삶
오지그릇 삶까지도
곡선의 몸태 안에 새새틈틈 새겨 넣은
건몸의 뒤뚱발이 삶 울 엄니의 눈물 있다

하늘의 별빛 달빛
무게를 다 받아내며
모든 신이 강림하는 비나리의 신전 제단
장광의 옹기 속에는 울 엄니가 살고 있다

도요새에 관한 명상

설레발 친 밤바람이 파도를 일으키는
한 번도 가 본 적 없고 본 적도 없는 나라
도요새 다 어디 가고
실루엣만 남겼느냐

네게는 날 수 있는 고공의 하늘이 있고
내게는 설 수 있는 굳은 땅이 있다는 것
얼마나 기쁜 일이니
숨 쉬며 산다는 것이

평생 길잡이가 될 일곱 개의 저 별자리
함께 살아가는 법 온몸으로 전해 준 밤
두 발로 당당히 서는
한 인간이 되려 한다

다시, 도요새에 관한 명상

스스로 몸을 녹여 맛을 내는 소금밭에
갯벌이 만들어 낸 선명한 파도 무늬
아프다 소리 지르는
또 다른 섬이 있다

그 맑은 눈동자에 별빛이 드리울 때
날아라 도요새야 더 높게 멀리 날아라
그 무슨 생각이 많아 침묵하는 것이냐

꿈꾸는 네 자유와 내가 찾는 자유의 길
촘촘한 그물 놓는 그 배후를 조정하는
세상이 왜 두려운지
그것만은 잊지 마라

제 4 부

지금 DNA의 비가 내리고 있다

늙은 악사樂士에게

허구한 날 장터에나 떠돌던 흰옷 사내
악다구니 세간의 일 떨이로 다 넘긴 뒤
막걸리 두어 사발에
우아한 음 얻었느냐

한때 치열하게 산 자기 생의 이야기 속
부르튼 발로 걷다 행간에 허둥 빠진
목숨은 참 질긴 거라
눈물 잣는 일인 거라

오늘은 텃새 되어 빈 집에 홀로 들어
온기 없는 냉방에서 웅크려 잠드는 밤
쪽문 밖 동백꽃 진다
신발 위에 달빛 진다

늦게 온 사랑

온전히 느닷없이 알몸 채 온 콩잎 여자
짧은 밤 다 못 피운 홑겹 사랑 너무 얇아
헛헛한 그리움 대신
몹쓸 눈물 가졌어라

누군들 머물고 싶은 사랑 하나 없겠느냐
막다른 길 끝나는 곳 물색없이 휘둘린 채
어느 집 헛간에 들어 아름다운 죄로 살까

징한 정 끊어 내고 마음 칸칸 쇠통 달고
제 먼저 앞서 가는 불경한 것 또 죽이고
법구경 몇 구절 훔쳐 두문불출 외며 살까

눈 멀 듯 몸을 던진 격정의 강 다시 건너
늦된 사랑 허둥지둥 가파른 산 올라갈 때
모든 것 선명해지는
아침 해는 떠오리라

2012년, 어느 여름밤

불의의 복병 만나 칼로 중심 베여진 채
그 날 악다구니 속 맞장 한 판 못 뜬 밤

외길의 탈출구 없는
마음 감옥 갇혔네

창살 밖 별빛 평화 내 안을 물들일 때
외골수로 결기 세운 봉두난발 그 노여움

그렇게 안 살았다고
눈물 찔끔 흘렸네

막말의 불경한 죄 죽이면 거듭 살아
스스로를 위로하라 나를 친 바람 한 줄

가혹한 이 여름 한 철
가을 얻어 살라 하네

구세군 오랑우탄
─心法·22

드디어 서울광장 구세군이 납시었다

빨간 코트 털모자에 퀵보드 탄 오랑우탄

인간을

구원할 수 있을까

희망이 되어 줄까

저문 마을에 서서
―心法·28

가을 흙빛 뒤집어 쓴 누군가의 따뜻한 손

텃밭의 오이 따다 답장 속에 동봉한 때

딸아이

그 초경처럼

핏빛 번진 풍경 한 점

지금 DNA의 비가 내리고 있다*

지난 봄 햇볕 두엇 도움닫기 하던 강가
버드나무 웅크린 채 견뎌 온 눈 내림 끝
유전자 프로그램이 그 봄을 낳고 있다

이 땅의 자식들이 웅얼웅얼 모여 살며
결코 은유가 아닌 또 하나의 나 꿈꾸던
자궁 속 생존의 씨앗 눈물겨운 種이 산다

봄 한철 태양의 몸 완벽하게 숨어 들어
솎아 낸 수컷의 핵 자루 속에 넣어 놓고
얼마를 더 기다려야 완벽한 날 출산할까

다 자란 아이들이 킬킬대며 사라진 골목
이미 망해버린 신이 몰래 찾은 제단 위에
복제자 DNA의 비가 꽃비처럼 휘날린다

*리처드 도킨스(Richard Dawkins)은 버드나무 씨앗들이 솜털에 싸여 흩날리는 것을 보면서 "지금 바깥에는 DNA의 비가 내리고 있다"고 했다.

유배의 휴일

세 칸 방 세 들어 사는 그 남자 집을 나와
반나절 유배 끝에 서너 줄 시 심어 놓고
행간 속 새집 지을 때
외로웠고 배고팠네

때 놓친 점심 대신 공복 면할 송편 세 개
가을볕 잘 포장해 마음 얹어 주고 간 이
풋정만 더욱 깊어져 단풍 들어 일렁였네

한 입을 베어 물자 순간 울컥 목메이고
초록빛 띤 적 없는 일렬종대 과거사 끝
스무 살 마른 빵 씹던 추억 살아 반짝였네

살속 다 문드러져 고민할 일 참 많은 날
옹이진 것 움 내려고 무던히도 애를 쓰던
그 여자 황량한 묵밭
밤 깊도록 경작했네

절망에게 주는 詩

사는 게 힘이 들고 마음 데어 숯이 될 때
외길의 단호함이 강요하는 희망 절벽

많은 죄 철창 가두고
명경지수 보는 것

속수무책 난타 당한 뼈와 살 곪아갈 때
그 고통 꽃이 될까 무쇠로 벼린 사랑

심장의 작은 떨림을
천지간에 듣는 것

수평에서 수직으로 급강하 추락할 때
유한과 무한 사이 난장판 된 세간의 일

참말을 하늘로 믿고
이심전심 사는 것

여유당 다산 선생께

삶의 해독 강요하는 봄볕들 수런댈 때
그 어디 갈 데 없고 마음도 둘 데 없어
앞서 간 그 마음 따라
그대 뜰을 걷습니다

'겨울 냇물 건너 듯이 사방을 조심하라'
스스로 경계의 말 큰 울림 결이 되어
몇 벌 죄 다 부려 놓고
바람 한 짐 졌습니다

누옥의 남창 열고 밤 별자리 헤아린 뒤
해서는 안 되는 짓 하지 말아야 할 일
도덕경 책장 넘기며
바른 길을 새깁니다

무자화無字話 편지

못 다 핀 카네이션 만발하는 어버이날
지어미 앞에 내민 스무 살 아들 편지
단 두 줄 감사합니다
사랑해요 써놓고

왁자한 이 땅 위에 집 한 채 얹어 사는
가난한 아비에겐 무자화의 백지 편지
서운함 와락 밀려와
등 내다는 섬이 된다

네게 가는 서정의 길 한 사나흘 굽어질 때
시인 아비는 그런 걸까 행간을 다 읽는 것
해질물 담장 아래 핀
풀꽃 보는 마음일까

갯버들 꺾어 들고

일제히 몸 가려워 몸을 씻는 샛강 기슭
아직도 칩거 중인 한 생각 켜 놓은 채
못 피운 꽃망울보다
얇아지는 이 봄날

계곡의 살얼음이 경전 읽고 있는 사이
들녘을 질러서 온 파르티잔 봄빛 전사
갯버들 다 풀어 놓고
주석을 단 실바람

분분한 갈대밭 속 소인 찍는 엽신 두고
사는 법 그 말미에 덧붙인 추신의 말
세상은 춘래불사춘
금일은 은유의 봄

립스틱 광고를 보며
―心法·30

왜 그 것 떠올렸을까

발정 난 수캐 성기

추한 것이 아름다운 에로틱 봄날 오후

아찔한

입술을 내준

민낯 체위

내 사랑은

어떤 동행
一心法·33

새 떼가 방울 소리 목에 다는 해질 무렵

가을걷이 끝난 들녘 이삭 몇 남겨 두는

땀 절은

아비의 마음

또한 저와 같았을까

봄, 참으로 발칙한 봄날

오래 전 모든 것 잃고 멀어져 간 그 희망도
등 보이고 싶지 않아 걸어갔던 극한의 길
세상이 날 중심으로
돌아가길 원했었네

어깃장 놓던 인생을 살면서 깨달은 것
잃을 게 없다는 건 두려움이 없다는 말
환하게 꽃 벙근 오늘
가시 되어 박혀왔네

살 찢고 뼈를 발라 참 아프다 말을 할까
인간에서 신에게로 한 발 다가서는 시간
내 본심 훔쳐 달아난
참 발칙한 봄날이네

겨울 백서白書

헛헛한 잡생각이 처박히는 저녁 행간
그것들 멱살 쥐고 혹독하게 매질하면
모든 게 후회였다고
게을렀다 고변한다

발 밑에 밟히는 것 꿈틀 하고 반항할 때
사는 일 마음 공부라 더불어서 돌아보며
절창의 울림이 없는
사족의 말 발라 낸다

그 배후의 통점들이 문신처럼 새겨지고
숙취의 바람 소리 완벽하게 서사적인 밤
오래 된 노여움들이
곧은 뼈로 빛이 난다

선정릉에서

죽은 자 말이 없이 봉분 속 누웠는데
오늘은 산 사람이 가랑잎 몇 거느리고
한 왕조
군왕이 되어
소나무 숲 거닐었다

몇 생이 그늘 아래 구름처럼 흘러가고
하찮은 잡생각도 풀빛으로 짙어질 때
조용히
하루만큼의
내 사초史草를 적고 싶다

섣달그믐날 밤에

감나무 가지 끝 걸린 풍경도 들어 앉힌
한 해의 때 절은 말 눈보라 속 지워지고
새들도 집에 든 세밑 아궁이에 불 메운다

장식처럼 매달고 온 춥고 힘든 왕도의 길
허공에 못을 박는 참혹한 짓 그것일까
창조는 완벽했다는 신神의 말을 생각한다

잊고 산 많은 것들 더 가깝게 보이는 때
살면서 헛발질한 넘어진 것 골라 내며
칼바람 집어삼킨 불 눈물 만장 쓰고 있다

저 홀로 근심 없이 타오르는 장작개비
너처럼 다 주고도 따뜻할 수 있다면
마지막 불꽃이 되는 신명으로 살고 싶다

어느 하루의 묵시록默示錄

둥 둥 둥! 둥 둥둥 둥! 둥둥 둥! 둥 둥 둥 둥!
둥 두둥! 두둥! 두둥! 두두두 둥! 둥둥둥둥!
어둑발 돋을별 뵈면
코뚜레에 끼는 삶

아 아 아~ 아·아아 아~ 아아 아~ 아 아 아 아~
아 이아~ 아이~ 아이~ 아아아 이~ 아아아아~
발서슴 나를 찾다가
길을 잃고 발목 삐고

우 우 우~ 우 우우 우~ 우우 우~ 우 우 우 우~
우 우으~ 우으~ 우으~ 우우우 으~ 우우우우~
사유는 아퀴를 짓고
별똥밭은 묵언중

제 5 부

숭어의 말

유목의 가을

최선을 다했다는 말 함부로 하지 마라
해 지면 또 흙빛을 뒤집어 쓸 원통한 일
여기서 발목이 잡혀
쓰러질 것 알았던가

허름한 집의 안방 그 고요에 휘둘린 채
가혹한 매질 끝에 만신창이 사랑 두고
이런 날 방목을 하는
내 마음은 빈 들 같다

마른 풀 우거진 곳 풀빛 더욱 짙어지면
비로소 허락되는 한 사람의 지극한 삶
그 계율 다 깨부수고
탈주하고 싶어진다

인간이 사라진다면
고릴라에게 희망이 있을까

이 지구 누구 위해 자전하며 숨 쉬는가
인간이 등장할 때 막을 내린 신의 창조
혁명 외 탈출구는 없다
죽음 외에 길은 없다

태평한 하루해를 처형하고 참회하라
단 한 줄 유언없이 역성을 꿈꾸는 밤
인간이 사라진다면
희망이란 있는 걸까

사는 게 더 심심한 인간들은 신명난 채
제 본성 짓밟히는 창살 갇힌 너를 놓고
끝끝내 말문 닫는다
그 진실을 외면한다

장작을 메우면서

길 덮는 눈 날리느니 군불을 지피느니
땟국 낀 묵은 것들 아궁이에 밀어넣고
온전히 따뜻함 주는
그 불꽃이 되고 싶다

믿음의 뿌리 내린 산세 불러 앉혀 놓고
푸른 날 생각하며 소리 내며 타는 장작
모든 것 버리고 살라
내려치는 죽비 같다

한 시절 호령하던 그 모습도 재로 남아
제 터에 오래 살 땅 돌아가는 거름의 길
극진히 삶을 맞바꾼
불꽃들이 소멸한다

어떤 경영
－心法·37

장고 끝 악수를 둔 발칙하고 불경한 날

내 눈의 들보 두고 남의 눈 티만 본다

아프다

흑백 속 갇혀

찾지 못한 신의 한 수

검객, 바람의 말
－心法·46

그 누가 일허일실一虛一實 이 초식을 받아낼까

유연한 힘 구사하며

강한 힘을 펼쳐 내는

현란한 방랑검객의 검 제압할 수 있겠느냐

풍림화산風林火山*

시 쓰는 그 일마저 짐이 되는 새해 첫날
전술 없이 산다는 건 쉬운 일이 아니다
판세를 뒤엎어 버릴 새 처세법 익혀야 해

당대의 중심이 되는 강한 사내 되기 위해
상대와 마주할 때 늘 한 발을 뒤에 두고
유리한 상황에서는 바람처럼 빨라야 해

견고한 성 무너져 변방까지 밀릴지라도
몸 낮춰 웅크린 채 더 강한 힘 길러 놓고
고요한 숲처럼 앉아 나아갈 때 엿봐야 해

상대를 치고 앗을 때 불길처럼 맹렬하게
공격을 막아 낼 때 큰 산처럼 묵직하게
치명적 약점 감추고 방어 진법 펼쳐야 해

나아가고 물러설 때 아는 자만 살아남지
침묵하며 기다릴 때 은밀하게 움직이고
빈틈을 노려갈 때는 벼락치 듯 덮쳐야 해

내 약점 파고 들 때 쉽게 받아 흘려내고
일격을 가한 뒤에 기민하게 빠지는 것
이것이 실전 처세법 새로 세운 전술이다

세뿔투구꽃
―心法·47

가을볕 오선지 위 뿔 투구 쓴 토종 꽃아

그 모든 것 각설하고

그 발칙한 죄만 물어

네게도 한 사발 사약 성은으로 내려주마

돌돌괴사咄咄怪事
—'바보 대통령'을 추억하며

봄꽃 분분히 져 겁탈당하고 싶은 날은
이 질펀한 막장 설움 어찌해야 하나요
요런 날 꽃색 더 짙어 울 수도 없는 것을

사는 게 힘이 들고 마음도 감옥일 때는
망나니 춤이 아니라
활인의 칼춤 보고 싶다
그대여, 항장불살의 절제된 그 검무를

풀밭 꽃 진 자리 노란 꽃들 피어나는
바보의 삶 기억하라
그 죽음을 기억하라
이 땅이 아름다운 것은 꽃이 아닌 희망이다

셀 수 없이 눈길 주고 눈부심을 또 탓하고
역사의 한 진실 묻고 성찰의 시간 앞세워
목 놓아 관디목질러 전별연을 갖고 싶다

남산리 안개

도처에 그 놈이었어, 유년의 한 은유와도 같은 그 놈!

세상 경계 다 허물고 천하태평 철퍼덕 퍼질러 앉은 놈, 요 며칠째 농성중인 풀잎처럼 와글와글 수런대는 놈, 천하의 난봉꾼처럼 꽃을 찾아 이리저리 옮겨 다니는 놈, 마루 밑 검정고무신 한 짝에 살금살금 파고든 놈, 늙은 부부의 퀭한 눈에 글썽글썽 눈물로 비친 놈, 도시로 나간 아들 사진에 오줌을 찔끔찔끔 갈기는 놈, 어린 손자 손가락을 아작아작 오그라뜨리는 놈, 빈 아궁이 성욕처럼 타오르는 불길로 은근슬쩍 기어드는 놈, 살강 놋숟가락에 배고픔처럼 꼬르륵꼬르륵 찾아온 놈, 헛간의 쇠스랑처럼 대롱대롱 거꾸로 매달려 난장 치는 놈, 화냥년처럼 사내 양물을 주물럭주물럭 애무하며 수작하는 놈, 남산리 봄을 온통 능욕하는 환장할 놈의 그 안개, 봄빛에 온몸을 데어 발정 난 수말처럼 날뛰는 날에,

토방에 쪼그려 앉은 오살할 잡놈이 그 봄빛을 즐기고 있다.

오월 아침에

왔느냐 또 찾아와 날 미치게 하느냐 쉬이 떠날 거라면
아예 오지 말거라

그 날 스물 갓 넘긴 사내가 꿈꾸던 오월 향기로운 꽃이
아닌 가슴 속 옹이였구나 모두 떠난 그 자리 눈물로 피운
불꽃 그 무엇에도 남근 불끈 솟던 한 사내 마음의 성불구가
된 중년이 되었구나 아아 오지 않았으면 좋았을 이 날에

널 찾아 부랑아처럼 떠도는 것 아느냐 그대 정녕 아느냐

오늘도 그대들 모두 별개 무고하냐 무탈하고 무양하냐
안녕하고 평안하느냐

하 시절은 태평성대인가 하고 묻는 날 돌부리에 넘어져
옹팡지게 무릎 깨진 날 오오 아름다운 흉터 모두에게 남겨
준 날 확고한 땅에 묻던 신념 알게 되리라 황홀한 그 짓을
하고 싶은 오월의 그 날 꽃비 참빗처럼 내리는 이 아침에

때때로 간질병처럼 발작하는 것 아느냐 그대 정녕 아느냐

숭어의 말

숭어여, 숭어랑께! 갯것 중 동뜨는 수어秀魚

긍게 나가 걸탐스레 새비 미끼를 덥석! 갓밝이 때 거니
못 채고 곁가다 그만 재수 옴 붙게 감벼락 맞아부렀당께
한 철 눈 밝을 때는 그물도 뛰어넘고 사람 그림자만 비쳐
도 날쌔게 내빼는 의심 많은 난디 아, 금메 눈까풀 무겁
고 눈이 거시시해 닷곱장님 되어 간대로 안 물어부렀소
잉! 뛰는 물괴기는 미끼 물지 않는 법인디…. 옛날 옛적
아주 꼬꼬지 옛날 옛적에 곤鯤이 살던 망망대해 험한 물
길 거슬러 와 영산포 감탕에서 질펀하게 놀아붇다가 그
랑께 온몸으로 힘차게 뛰어오르는 게 정맬로 숭어답다
는 말에 깜빡 속아 큰 너울에 다 문드러진 갯바위에서 그
만, 어쨔스까나

니기미 나 운명인감디 어쩌부러겄소 이 화상을

아따메 거 거시기한디 그라지 말고 나 보랑께

몸뚱이 거무튀튀하고 은백색인 게 나랑께 눈은 크고

치잣물 들인 무새 색깔 안 맞소 쌍쌍의 콧구멍과 짝 맞
춘 나라미에 입술에 터가지도 있고 활처럼 휜 아가미도
안 있소 깜냥은 될지 몰라도 젯상에 오르고 수많은 별명
중 숭어라고 불러주면 기분 째지재 칠 년을 살아야만 진
정한 숭어인디 위를 편케하고 오장을 다스려 몸을 튼실
하게 해준당깨 산발한 눈보라가 바다에 몸 던질 때 나가
놀다 간 자리 뻘만 훔쳐 먹어도 달고 복사꽃 피고 청보리
모가지 내밀 때면 보리숭어라며 허벌나게 날 좋아함시
롱 살내음 쿵쿵 맡고 속살에 입 맞추고 개지랄 떨면서 사
랑타령 떠벌리다가 그러다가 왕벚꽃 지고 우르르 쾅쾅
천둥번개 치고 소낙비 주르르륵 퍼붓는 여름만 되면

    뭣땀시 여름숭어는 개도 안 먹는다며 차분당가

    숭어도 꿈 있당깨 힘차게 도약하는 꿈

    굴엿목 뛰어올라 구메구메 날 알리는 숭어를 숭어답게
맹그는 피할 수 없는 운명 꼬랑댕이로 수면을 쳐 수직으
로 솟구칠 때 아흐 그 황홀감 해보지 않으면 모른당깨 근

디 내려올 때 몸 한번 돌려 바라본 꺼꿀로 서서 본 세상
은 겁나게 무섭지라우 낚시 바늘에 먹기 좋은 미끼가 널
린 세상 미끼를 물어야만 살 수 있다능 게 싫당깨 한 번
숫구침으로 환희 맛볼 수 있다면 마지막 죽음 흔쾌히 받
아들일 것 같은디 날것 즐기는 감바리가 주둥이에 입 맞
추고 온몸 파르르 떨며 오르가즘 느끼고 절정의 감탕소
리 곰비임비 지르는 꿈이지라 근디 말이시 숭어 꿈만 이
러것소 사람 꿈도 같을 텐디

　　오늘은 참말로 물색도 좋고 물결도 잔잔해부요

뭉크, 절규를 말하다

　통재라, 오호 통재라. 춘래불사춘의 이 봄날

　그 사내 친구 두 명과 길을 걷는다. 해가 지고 하늘은
핏빛으로 물들고, 그때 햇덩이만한 우울이 찾아들고, 도
시 소음에 묻힌 음모가 싹틔우는 때 친구들 사라진 거리
만큼 불안에 떨며, 난간에 기대어 위태롭게 서 있는 외로
운 사내…

　아아악! 소리를 질러다오, 절규의 봄이라고.

　뭉크여, 말문을 열어라. 신경쇠약의 이 봄날

　생의 집착 삶에 대한 이 지독한 중독이, 춤추는 선을
따라 핏빛 구름을 만들고, 색채가 캔버스에서 비명을 지
르는, 문득 햇빛이 봄이야 하고 말할 때 아아, 왜곡이 아
닌 진실을 말해다오. 공포에 질린 퀭한 눈에 홀쭉한 뺨의
사내…

　갈지 자 행보를 하는 한바탕 봄꿈이었다고

성자, 꽃무릇

이 곳까지 날 끌고 온 그것은 무엇인가
오살할 그 놈의 정에 마음 데이고 다친
울울한 삶 기슭까지 꽃불 지른 저 것은

화엄의 꽃밭이었구나 꽃무릇 세상이었구나

죄다 화두를 안고 서 있는 적멸의 꽃, 예닐곱 개 봉오리가 화관을 만드는 꽃, 스님에게 마음 준 속세의 한 여인이 사랑의 가슴앓이로 붉게 피워버린 꽃, 여인에게 정을 준 스님이 마음 다잡고자 똑! 똑! 똑! 두드린 목탁소리에 져버린 꽃, 한몸이지만 꽃과 잎 서로 만날 수 없는 꽃 세월이나 희롱하며 그렁저렁 살 일이지. 때론 더욱 몸 낮추는 산이나 닮아가고, 허튼 수작부리는 바람 그렇게 흐르게 놔두고, 대웅전 얼금단청 머리초 연꽃으로 앉아 날마다 예불하며 경을 들을 일이지 그냥 훨훨 타올라 해인에 들겠느냐. 나를 내려 놓지 않고 산문에 들 수 없다는 가르침 구한 그 때에,

이 뭐꼬!* 꽃대 내밀고 붉은 꽃을 매단 뜻은

널 보면 그대 없고 그대 보면 널 잃으니
이별 너무 아득하여 눈물로나 만나 보고
누가 또 화농의 가을 만행의 길 떠났다

*간화선의 대표적인 화두.

우리말 웃음사설·1

자빠지면 궁둥이요 엎어지면 불알뿐인 세상 개똥밭에 굴러도 이승이 좋다는디 죽사발이 웃음이요 밥사발이 눈물이라

이러할 제 소리 없이 볼로 웃는 볼웃음, 볼살을 움직여서 표정 짓는 살웃음, 가만가만 눈웃음이 사람을 홀려갈 때 어이없어 마지못해 지어 대는 쓴웃음, 교활하고 간사한 여우웃음, 간사하게 아양 떨어 못 봐 주겠다 간살웃음, 콧소리로 가볍게 비난한다 코웃음, 겉마음으로 웃는 겉웃음 억지웃음, 빈정대고 업신여겨 비꼰다고 비웃음, 경멸조로 차갑게 내뱉는다 찬웃음, 우습지 않은 데도 꾸며 웃는 선웃음, 마음 없이 이냥저냥 지어 대는 헛웃음, 처신없는 염소웃음 시원찮게 데설웃음, 속으로 웃는 속웃음 억지스럽다 억지웃음, 너스레 떨며 너스레웃음 놀랄 때 놀란웃음, 경망하게 키득대며 깔깔 대는 까투리웃음, 여러 사람 함께 모여 터트리는 뭇웃음, 허탈하다 허탈웃음 잔잔하게 잔웃음, 가볍다고 반웃음 소박한 너털웃음, 시원하고 당당하다 큰소리 너털웃음, 가슴 벅찬 감동웃음 호탕한 호걸웃음, 입 크게 벌린다고 환하다 함박

웃음, 바닥에 구르면서 배를 잡는 자지러진웃음, 웃음이
란 웃음 다 불러 모아 밑구멍이 웃는 때에

　그 낯에 침 못 뱉느니 말 방귀만 뀌어도 처녀애들 웃듯
소가 웃다 꾸러미 째질지라도 손뼉 치며 웃어라

우리말 웃음사설·2

웃는 낯에 칼이 있고 웃으면서 뱉는 말에 초상날지라도 일소일노요 소문만복래라

선떡 먹고 체한 체 웃음 지어 보이는디, 소리를 내지 않고 빙긋빙긋 웃는 미소, 입가에 웃음 함빡 머금으며 웃는 함소, 대소로 호쾌하게 크게 웃어 대고 어이없어 참다못해 실소를 터트리는데, 차갑고 쌀쌀하다 경멸하듯 웃는 냉소, 조롱하듯 경멸하듯 음흉하게 웃는 조소, 안타깝다 쓴웃음 고소 짓는 잠깐 사이 입 크게 벌리면서 떠들썩하게 웃는 홍소, 여럿이 폭발하는 웃어 대는 폭소 뒤에 사내들 살 떨리게 애교 섞여 웃는 교소, 요염하고 탐스러운 성적인 웃음 염소, 책략적인 매소 웃음 다 짓고 난 뒤 한 화상 앞에 나서 웃는 꼴을 보니, 크게 웃는 파안대소 껄껄대며 가가대소, 손뼉 치며 박장대소 하늘 보며 앙천대소, 배움켜쥐고 데굴데굴 구르면서 포복절도를 하는도다

웃어라! 웃는 낯에 침 못 뱉고 세상 또한 웃을지니라

떠도는 바람

얼마나 밤 깊었을까 편안한 잠 들었을까?

숨쉬기가 답답하고 비린내 나는 세상, 어디에도 발 못 붙이고 떠도는 것 아는가요? 민낯의 그 싱싱한 풀내음이 더 좋아요. 그 사내 어디 가고 낯 선 사내 누웠어요. 그 사내가 무섭지만 어쩔 수 없는걸요. 언제든지 쉽게 타고 넘을 수 있는 걸요. 누구나 한 번쯤은 다 거처 간 몸인데요. 그래요 별빛 달빛 다 잠든 깊은 밤에, 폐수에 산업쓰레기 온갖 것 공해들이 남 몰래 육즙 흘리며 욕정을 채우는 걸요. 난 뭐예요, 상처뿐인 알몸만이 남았어요. 뜨거운 가슴 서로 얼싸안고 쉴 수 있는 곳 '저 푸른 초원 위에 그림 같은 집을 짓고* 새끼들 놓아 기르며 천년 만년 살고 파요. 따듯한 솜이불이 되어 줄 초록별들, 초⋯록⋯별⋯들⋯

오늘 밤 그 초록별들 다 어디로 갔을까요?

* 유행가 '님과 함께' 가사 차용.

방상씨탈

이 사람 방상씨야 나무탈 중 으뜸이라

탈은 탈이로되 쓰고 노는 탈이 아니로세. 네 꼴을 볼라 치면 세상 보는 두 개의 눈, 두 개는 보이지 않는 세상 보는 눈이렷다. 입이 볼 위까지 찢어진 탈은 악귀들 달래 보내는 탈일 테고, 입 다문 탈은 필시 달래도 말 안 듣는 악귀들 혼내서 쫓아내는 탈이렷다. 이마와 두 볼은 또 어떠한고 살펴보니, 내 천川 자 굵은 주름살에 부처님 귀로구나. 붉은 옷에 창을 잡고 방패를 휘두르며, 북 치고 함성 지르며 방자를 이끄는구나. 신을 모셔 놓고 역귀 몰아낼 것 청할 적에, 재앙을 불러오고 역병을 일으키는 귀신, 근심우환 주고 사람을 해치는 악귀 너희 몸을 꺾으리라. 너희의 살 가르고 간을 토막 내고 폐와 장을 끄집어내 햇볕에 말릴 것이로다. 물렀거라 물러나지 않는다면 내 밥 될 것이로다. 술 한 잔 따라 놓고 무릎 꿇고 축문 읽어나가는데…, 에허라! 세상이 탈 나 그 탈 막는 탈 필요한 하 수상한 시절에

방상씨, 사람의 탈 쓴 잡귀 잡신 다 잡아들인다

오종문 시를 말한다

회화적이고 역동적인 이야기,
폐활량이 큰 시편들

이승은_시인

    정체성의 확립이란 제 몸에 든 질서를 지키려는 태도다. 그 정체성을 확인하는 일은 자신의 근원이 어디인가에 대한 탐색에서 시작한다고 보는데, 오종문 시인의 이번 시집 『지상의 한 집에 들다』에서 보여준 일관된 자세가 그것이다.

    「립스틱 광고를 보며—心法·30」,「오월 아침에」의 시편엔, 강한 시어의 충돌에서 오는 텐션tension이 시를 신선하게 할 뿐 아니라 공허한 삶을 위무하는 심리치료의 역할을 해내고 있다.

    그의 특징은 이리저리 돌려 말하지 않고 아프면 아프다고, 아닌 것은 아니라고 당당히 시의 가슴을 헤쳐 보인다. 폭넓은 사유와 깊어진 안목, 어휘를 품어 어우르는 폐활량이 큰 그의 시편들은 우리들의 당면한 문제를 솔직하게 제시한다.

> 겉꾸림을 버리는 것
> 몸 밑천 돌려주는 것
> 마음에 품은 칼을 칼집에 채우는 것
> 사는 게 싱거워지고 더러 살속 잃는 것

뼈마디 다스리는 것

더 많은 죄 짓는 것

두 눈에 그렁그렁 눈물 많아지는 것

한눈 판 삶의 무늬가 산빛 물빛 닮는 것

가진 것 다 내주는 것

은결든 일 껴안는 것

징글징글 사람의 정 잘라 내고 꽃 피는 것

한본새 살터를 찾아 봄소풍을 떠나는 것

−「나이를 먹는다는 것은」 전문

　세상일을 자기 내면에 비춰 음영을 조용히 응시한 시를 옮기며, 헛헛할 때 먹고 싶은 영혼의 양식으로 남겨둔다.
　나무의 숭고함은 그 높이에 있는 것이 아니라 나무가 안간힘을 다해 밀어올린 '꽃' 때문이라는 말이 책장을 덮을 때까지 내내 떠나지 않았다.

고수鼓手, 그 이면의 미학

박기섭_시인

　여기 한 고수鼓手가 있다. '일고수 이명창'이랬거늘, 고수는 가객의 소리에 그저 북장단이나 치는 사람이 아니다. 북장단을 밀고 달고 맺고 풀면서 소리에 활력을 불어넣고 판의 조화를 이끈다. 하지만 그냥 겉보기로는 가객의 그늘, 즉 '이면'에 자리잡은 존재쯤으로 보인다. 고수가 소리의 이면에 음양과 여백을 두는 데서 '이면의 미학'이 생겨난다. 여기서 고수를 시인으로 바꾸어 놓으면 어떻게 될까. 그런 생각을 한 건 오종문 시집 『지상의 한 집에 들다』를 읽으면서다. 그는 북채 대신 시조 3장의 형식을 쥐고 있다. 소리는 자연스럽게 시조로 바뀐다.

　오종문은 줄곧 고수의 시학을 견지한다. 판소리의 고법을 시조의 시법으로 변용하는 것이다. 시집의 들머리에서 「고수」를 만나는 것이 어찌 우연만이랴. 세상에는 "평생 지지 않는 꽃"도 "끝나지 않는 잔치"도 없다. 그는 척박한 세월의 허망을 "아니리 추임새에 맺고 푸는 한의 장단"으로 풀어낸다. "어희라 둥 덩 탁 타닥", "한 사람 알아주는 이/ 그뿐이면 되는 것을". 이 작품의 결구에서 행간의 이면을 좇는 그의 생각을 엿볼 수 있다. 북채로 채궁·뒷궁을 치는 가락과 북통을 치는 가락이 같을 리 없다. 그는 분명한 '각 내기'로

116

채궁·뒷궁을 치고, 반각·온각을 가려 짚는다. 등배와 한배를 조절하되, 때로는 거두고 늘이며 '북가락'을 넣기도 하는 것이다.

오종문은 직관의 언어로 헐겁고 피폐한 삶의 이면을 묘파한다. 그것은 생존의 사유를 드러내는 일인 동시에, 형이하학의 현실 세계에 대응하는 일이다. 나와 타자의 굴곡진 삶에 직핍하면서 상처를 어루만지고 애환을 짚어 낸다. 마치 그 일이 "왁자한 이 땅 위에 집 한 채 얻어 사는"(「무자화 편지」) 가난한 가장의 책무이거나 한 것처럼. 그는 삶을 유배로, 삶의 현장을 유배지로 인식한다. 그런 인식 위에서 끊임없이 삶의 의미를 묻고 또 답한다. 그의 유배의식은 "세 칸 방 세 들어 사는 그 남자 집을 나와/ 반나절 유배 끝에 서너 줄 시 심어 놓고"(「유배의 휴일」), "넉넉히 두 발 뻗을 방 한 칸"을 꿈꾸며 "유배된 하루를 접고/ 지상의 한 집에 들다"(「지상의 한 집에 들다」)에서 두드러진다. "부르튼 발 애써 떼며 조금 더 걷기로 하"는, "가장의 자리를 찾아/ 저 막차를 타"(「집으로 가는 길」)는 사람이 다름 아닌 시인 자신이다. 막차가 닿는 그 길 끝에 가족들이 기다리는 집이 있다.

체념과 절망이 점철된 우리네 생은 어차피 "사는 게 아닌 살아지는 외길"(「울지마, 엄마」)이다. 그런 생에 "뚝! 하고 부러지는 것"이 어찌 "연필"뿐이겠는가. "살다 보면 부러질 일 한두 번 아닌 것을". 그러기에 지상의 존재자들은 너나없이 자신의 "연필심이 다 닳도록 길 위에 쓴 낱말들" 위에 다시 숱한 "문장부호"(「연필을 깎다」)를 찍는 것이다. 차마 "눈 뜨고 볼 수가 없는/ 참 아득한 봄날"(「봄날을 서성거리다」)을 서성거리고, "세상에 진 빚"을 셈하며 "오금 저린 생"(「물 수제비 뜨다」)의 녹슨 닻을 내리기도 하면서. 생의 "폭설"을 닦고 닦은 사람의 몸 속에는 "오래도록 빛나"는 "상처"(「폭설」)가 있다. 그 상처를 끄집어 낸 것이 곧 생의 서사다.

시는 대상과 세계에 대한 새로운 해석을 전제로 한다. 이를 극명하게 보여주는 것이 「心法」 연작이다. 이 시편들은 존재의 안팎을 넘나드는 사유물인가 하면, '경계에 끌리지 않는' 마음을 비추는 거울이기도 하다. 작품은 임제의 법어 '殺佛殺祖'를 떠올리게 하는 "해 뜨면 해를 베고/ 달 뜨면 달 베리라"(「바람처럼 베리라-心法·1」)에서, "바람에 몸 맡기고/ 그 떨림을 느끼는 것"(「산다는 것은-心法·6」), "바람 편에 행여 올까 무서리를 찾아올까"(「쑥부쟁이에게-心法·19」), "가슴팍 돌팔매질하는/ 바람 서 말 얻어 지고"(「가을 억새-心法·13」), "바람만 사는 들녘 마음 한 짐 부려 놓고"(「아비의 가을 햇살-心法·18」) 등으로 이어지는데, 보다시피 온통 '바람'이다. 그 바람은 결국 "꿈이로다 꿈이로다 모든 것 다 꿈이로다"(「일몰을 보다-心法·20」)로 귀결된다. 그가 "아랫녘/ 산발한 화두"(「여름 山水-心法·14」)를 들고 여러 절집을 찾는 까닭도 여기에 있다. 바람의 상념을 갈피 잡아 "몇 됫박 삶"을 "동냥"(「운문사를 거닐다」)하거나, "한 꺼풀씩 벗어야 할 죄과"(「해인사를 거닐다」)를 화엄의 설법으로 바꾸어 놓으려는 것이다.

이 시집은 또 다른 관점에서 두어 가지 재미를 더한다. 그하나는 대구와 중첩의 묘미를 보여주는 대목이다. "묻혀 살 뿐/ 살아갈 뿐"(「겨울 억새-心法·4」), "점령하라/ 관통하라" (「사랑-心法·9」), "참혹하게/ 처절하게"(「그 여름, 가시연 꽃」), "널 보면 그대 없고 그대 보면 널 잃으니"(「성자, 꽃무릇」), "성지의 바람 한 채여/ 성체의 집 한 채여"(「겨울, 해미읍성」), "죽사발이 웃음이요 밥사발이 눈물이라"(「우리말 웃음사설·1」) 등이 그것이다. 다른 하나는 순우리말의 용례가 매우 풍부하다는 점이다. 개중에는 몇 차례씩 쓰인 말도 있다. 예컨대 "겉꾸림·살속·뜸마을·날밤집·알섬·건몸· 뒷파람·해질물·맛깔손·비나리·볕아·어둑발·발서슴·아퀴·별똥밭·닷곱장님·굴엿목·얼금단청·선떡" 같은 말들! 그런 점에서 오종문의 시조는 겉꾸림이 아닌 살속의 언어요, 그의 시조 쓰기는 쉼 없는 발서슴 끝에 생존 현장의 진실을 아퀴 짓는 일이다.

생의 심연을 읽는 시인

이정환_시인

　오종문 시인의 새 시조집 『지상의 한 집에 들다』에는 오늘을 사는 우리들의 실상이 오롯이 담겨 있다. 시대정신을 작품으로 구현하는 일에 남달리 힘쓰고 있는 시인으로서 각박한 현실 속에 적잖이 부대끼고 살아가고 있는 현대인들의 내면 세계를 육화하는 일에도 매진 중이다. 시조가 당대의 역사를 노래하는 일에 소홀하다는 비판을 가끔 듣는데 오종문 시조시학은 그런 점에서 매우 개성적이다.

　시인은 다음과 같은 작품을 통해 삶에 대한 단호한 결기를 보인다.

　　헛헛한 잡생각이 처박히는 저녁 행간

　　그것들 멱살 쥐고 혹독하게 매질하면

　　모든 게 후회였다고

　　게을렀다 고변한다

　　발 밑에 밟히는 것 꿈틀 하고 반항할 때

　　사는 일 마음 공부라 더불어서 돌아보며

　　절창의 울림이 없는

　　사족의 말 발라 낸다

그 배후의 통점들이 문신처럼 새겨지고

숙취의 바람 소리 완벽하게 서사적인 밤

오래 된 노여움들이

곧은 뼈로 빛이 난다

—「겨울 백서白書」 전문

　백서란 무엇인가. 한 마디로 삶에 대한 숨김없는 보고서다. 「겨울 백서」는 겨울이라는 계절을 빌미 삼아 자신에게 혹독하고도 준엄한 담금질을 가한다. 또한 시인으로서 한 정점에 이르고자 하는 다함없는 열망을 노래하고 있다. 이러한 열망은 생이 끝나는 날까지의 추동력이 된다. 또한 큰 울림의 절창이 이룰 한 권의 책은 시인이라면 누구나 꿈꾸는 피안이다. 생의 심연을 읽는 오종문 시인의 새 시조집 『지상의 한 집에 들다』의 상재를 크게 축하하는 바이다.

돌담으로 쌓아올린 시의 성채城砦

오종철_시인

    오종문의 시에는 제주 돌담길을 걸을 때의 그 냄새가 난다. 바닷가나 들판에 흩어진 꿩 울음들을 얼기설기 쌓아올린 듯한 돌담길을 걷다가 문득 기대서면, 따스한 돌의 온기와, 까칠한 돌 표면의 느낌이 피부를 자극한다. 대충 쌓아올린 듯하지만, 태풍이 불어 블록 담장이 무너질망정 돌담은 무너지지 않는다.

    오종문의 시조를 읽다 보면 정말 그러한 느낌이 든다. 얼핏 보기에는 투박하고, 숭숭 구멍이 뚫려 있지만, 그것은 빈 틈이 아니라 시조의 형식적 여유인 동시에 멋이며 맛이다. 단어들을 대충 늘어 놓은 듯한 느낌이 들지만, 그의 시는 견고하다. 꽉 짜인 채 어깨를 걸고 있는 돌담처럼 흔들리지 않는 장중함이 있다. 하지만 그의 시에는 도시적 이미지나 문명의 북적임이 없다. 다만 한적한 돌담길 한참 걷다가 시야가 트이는 곳에 이르면, 저 멀리 수평선에 오도카니 앉아 있는 섬을 만나곤 할 뿐이다. 세련된 이미지의 나열과 인위를 거부하고, 자연스런 이미지와 사람 냄새로 쌓아올린 돌담길의 이미지가 그의 시세계를 관통하고 있다.

돌올하게 남아 있는 자존의 힘

이지엽_시인

　오종문 시인에게 있어 봄은 "춘래불사춘"의 "은유의 봄"
(「갯버들 꺾어 들고」)이며 "헛된 봄 농사만 짓던 일탈의 짧
은 봄밤"(「봄날은 간다」)이기도 하다. 아직도 "봄꽃 분분히
져 겁탈당하고 싶은 날"(「돌돌괴사」)이거나 "살 찢고 뼈를
발라 참 아프다 말을 할까"(「봄, 참으로 발칙한 봄날」) 망설
이는 봄이다. 오월의 광주를 알고 시대의 아픔을 알기에 봄
의 통증을 온몸으로 앓는다. 열혈청춘의 기백이 아직도 남
아 있어 "아니리 추임새에 맺고 푸는 한의 장단/ 진양조 중
중모리 자진모리 휘몰이로/ 눈물의 한 방울까지/ 아낌없이
다 깨"(「고수」)우고 싶어 한다.
　그러나 이 울분으로만 어찌 이 세월을 넘을 수 있으랴. 시
인은 이 봄의 아픔과 무게를 "현란한 방랑검객의 검"(「검객,
바람의 말−心法·46」)인 '心法'으로 제거한다. "희망 주는 불
멸의 시를 쓰고" 싶어 하고, 오히려 "칼에 베인 채/ 큰 적의
를 품"(「연필을 깎다」)기를 희망한다. 더 깊이 침잠하는 다
스림을 갖고자 노력하는 자세가 듬직하다. 쓸려지지 않고
돌올하게 남아 있는 자존의 힘! "제 터에 오래 살 땅 돌아가
는 거름의 길"(「장작을 메우면서」)을 알아가고 있다는 뜻이
소중하게 읽히는 것은 바로 이런 이유에서이다.

자신의 사초史草를 적듯,
삶이라는 여행 끝의 시적 귀가

정수자_시인

"어희라 등 덩 탁 타닥/ 북채를 내질러라"(「고수」) 오래 버린 소리들이 한바탕 크게 쏟아진다. 기다리다 묽는 만큼 더 보이는 게 있나니, "상처를 닦고 닦았다/ 오래도록 빛나게"(「폭설」)!

오늘이라는 삶의 현장을 누구보다 뜨겁게 살아 내고 적어 온 오종문 시인. "온 생을 뜨겁게 던져/ 몸 밝히고 있는 거다"(「묵정밭에 꽃이 핀다고」)라며 애가 더 쓰이는 쪽을 돌아봤거나, "짠 눈물 말리는 사이/ 앞산 높이 걸린 달"(「물수제비 뜨다」)과 물수제비 좀 떴거나, "바람이 되고 싶었고/ 파도이고 싶었다"(「갯바위」)고 갯바위에 기대 맺힌 속 풀었거나, "그에게 발돋움하며/ 사랑하긴 했을까"(「한 여자를 기다리며」) 문득 갸웃거렸거나, "사랑은 생 뒤에 온다/ 한 발 늦게 젖어 운다"(「주목나무」)는 깨달음 앞에 주억거렸거나, "한 번은 불타고 싶다/ 불꽃처럼 뜨겁게"(「집으로 가는 길」) 외치는 고독한 여정 속에서도 서정적 물기와 결기가 빛난다. "조용히/ 하루만큼의/ 내 사초史草를 적고 싶다"(「선정릉에서」)는 열망과 성찰로 빚는 그만의 문양이 지금 이곳을 되짚게 한다.

124

그렇듯 자신의 사초를 적는 일이야말로 시업詩業의 운명 아닐까. "지상의 한 집에" 드는 삶이라는 여행 끝의 시적 귀가 같은 것. 그 안팎에 펴 놓는 다채로운 울림을 아직은 함께 만끽해야 하리라.

궁극의 자아 찾기,
시인의 연필 깎기는 이미 시작되었다

김연동_시인

    오종문 시인은 그 어떤 사람보다 할 말이 많은 시인인 것 같다. 시인은 사설보다 연시조를 주로 구사하고 있는데, 대부분 호흡이 긴 장시화의 경향을 보이고 있다. 시조는 시인에게 삶의 한 방편이고 삶의 전부인 것 같다. 불멸의 시를 쓰기 위해 모든 생을 걸었다. "내 詩가 한 철 꽃피우고 지는 꽃처럼 서글프고 초라할지라도, 살을 도려 내고 뼈를 발라낸 자존감을 드러내는 詩"를 쓰고 싶다고 했다. "모든 이의 가슴에 들꽃으로 피어나는 詩, 한 시대를 넘어 다음 시대까지 깊게 뿌리내리는 詩, 독자들이 호명하며 불러주는 詩"를 쓰고 싶다고 시인은 밝히고 있다. 글 쓰는 사람들의 가장 큰 바람이고 희망이라 할 수 있는 말이지만, 오종문 시인에게는 더 없이 간절한 그의 결의를 드러낸 말이라 생각된다. 피할 수 없는 가난을 등에 지고 온 어머니에게 "눈물 나도 울지 마라"(「울지마, 엄마」)고 당부하던, 그 가난을 벗어나는 것보다 더 간절한 시조에 대한 애착이 "시인의 말"에 잘 드러나고 있다.

    뿐만 아니라 시인은 그의 시 속에 세상의 모든 것에 대한 사랑이 역설적으로 채워져 있다. 시의 제재나 소재 하나하

나에서부터 아내와 자식에 대한 간절한 사랑이 그렇다. 시인의 몸 속에 붉은 아내에 대한 사랑이 뜨겁다. "그녀의 사랑이 되고 두 아이의 산이 되는/ 가장의 자리를 찾아 저 막차를 타리라"(「집으로 가는 길」)고 말하는 시인의 시구에 드러나고 있다. 뿌리 뽑히지 않는 가난에도 불구하고 자신의 가난보다 다른 사람의 가난에 눈물 흘리는 시인이다. 불멸의 시, 궁극의 시 쓰기를 위해 간절한 삶을 살아가는 시인의 연필 깎기는 이미 시작 되었다. 시인의 뜻은 이루어지리라.